JN103233

Fragrance of the Wizard

—✳︎—

魔法使いの
フレグランス

—✳︎—

あなたを輝かせるトータルバランス

Tomoko Arai

荒井登茂子

文芸社

『ダンスの中に』　より濃く漂う薫り

「書くことは、声を彩ることだ。　by　ヴォルテール」

　そして、
服を着ることは、人生を彩ること。自分の可能性は自分で
広げ、実力をつけるものだと思っている人が多いはずよね。
未知なる世界へ導いてくれるのは、自分じゃなく、外人。
（ひと：自分以外の人の意味）
実力があっても埋もれている人。
世の中大半がそうかも知れない。

　でも、
いいじゃない。プロだと称して、アマチュア氣分の人もい
るし。アマチュアでも、プロ意識の高い人もいる。ほら、
ね。やっぱし、外人でしょう。

　毎日着るお洋服により、人生が彩られ始めて、秘めてい
た魅力が開花されていく姿も、何気なく選んでいた、いま
いちなお洋服を着ていたって人生は彩られないのよねぇー。
かえってくすんじゃう。

だからこそ、

　外人からの言葉を大事に耳を傾けるようにしたら、変化
球なしに変化していくの。

　ジェラシーを含む言葉、建前の言葉には耳を貸さなくて
聞き流して憤慨しないの。その方が、穏やかな氣持ちでい
られるわよ。それに、声も発言すればよいというものじゃ
なくて、人々の心に届くように、想いとセンスが重要でし
ょう。そこに、プラスするならば、ビジュアル！でしょう。

　ダンス等のレッスンでも、レッスン以外のいつでも、そ
の日会う人に、そして、その日の　自分に、おもてなしの
氣持ちでお洋服を着るの。
　だって、だんぜん、ビジュアル！　第一印象！　が、一期
一会で大事なコトだから。

　ダンスはね、音楽とリズムと一緒に風をも起こす。音楽
はね、心と躰が自然とトキメキ動いて。衣裳（お洋服）も
想像以上に、わくわく紅頬して。誰をも愉しくさせてしま
う。どれひとつ欠けても成り立たないのです。
　単に、ダンスは、ダンス。音楽は、音楽。お洋服は、お洋
服。etc.で、何もトキメキも無いままに終わっちゃうから。

　それには、ほんのちょっぴり薫る魔法が彩りを与えてく
れるのです。21世紀、日々を彩らせる、その魔力は…色

褪せるコト　チッともない。これからはますます一種類の
ダンスだけとか、なんてナンセンス。もうとっくに「だ
け」の時代に終わりを告げて、スタイルを変化させなきゃ。
能力だけで彩れるかしら？

　彩り豊かに、独創性のプロデュースができるように時代
を見据えて、今日もステキなお洋服を着て、発信しようッ
と♪

　やっぱし私、、、登茂ちゃんは、笑っちゃうでしょ。
またね、ちゃお♪

～ PROLOGUE　プロローグ ～

夢をいっぱい見ていた頃、なりたかったのは…
幸せな　お嫁さん？

　いやいや、シンデレラ！よ！

優しくて、愛らしくて、そして芯の強い　憧れのお姫様。

愉快な仲間と　綺麗な dress、dance、music、トキメク
恋！
そこに、魔法のフレグランス！！！！！

でもねぇー
大人になった今に　ほんとは　魔法をかけてもらいたいの。

魔法の使い方を　教えてもらいたいし、
魔法で夢を　もう一度見てみたい！

夢を見ることができたら

きっと、とびっきりの笑顔で……。

この本は、そんなあなたに
魔法使いの魔女が　とびっきりの人生のヒントを
お贈りします。

すべての人が　女性が、素敵な笑顔の　輝く笑顔の　プリ
ンセスになれますように！
エレガンス・レディになれますように！

そして、王子様も。

～　INFORMATION　ご案内　～

先に進む前に、ここで一つ質問です。

あなたには、まだ観たことがなくて　これから観るのを愉しみにしている　プリンセスの映画作品がありますか？

イエス、の方はお気をつけて。

この本には、プリンセスに起こった出来事が　細かく紹介されているので、読むとストーリーがわかってしまうかもしれません。

それでもいいわ、という方は　どうぞお進みくださいませ。

さぁ、夢の時間の始まりです～。

ねぇー　あなたは魔法を信じてる？　じゃ、魔法使いは？

シンデレラに出てくるネズミさんたち、知ってる？

パーラ＆スージー（Peria ＆ Suzy）よ！

あのネズミさんたちって、すごいのよ。

シンデレラのお友達でお裁縫（さいほう）が得意なネズミの女の子。小鳥たちと共に朝の身支度のお手伝いもしているの。

そしてなにより、シンデレラのお母様の形見のドレスを手直しするのにも一役かっていたわ。

そういえば、ネズミさんって干支 十二支の「子年」、12年の始まりでもあるのよね。

始まりってことは、これから何でもできちゃう　真っ白な画用紙状態。あったらしい真っ白なワンピース、それからそぉーれから…考え始めたら　もうワクワクが止まらない。花壇にもたくさん種も蒔けるし。

一粒を大事に抱えて、抱えすぎて芽の出ない種にしちゃわないうちに、花咲か爺さんのように、ぶわぁーーーってまいちゃお♪

画用紙には一色の絵の具をチビチビそろりソロリ塗るんじゃなくて、どばぁーーーーって何色も出して描いちゃお♪

真っ白いワンピースには、アクセサリー、ヘア、メイク、バッグ、靴〜トータルコーディネイト、仕上げは今日の氣分に合わせた香水を、スカートを穿いて一噴き、ブラウスを着て一噴き〜、香りを纏って。

シャネルが言ってたわ、"香水をつけない女に未来はない。あなたがキスしてほしいところに。"

自分の理想を高く持って頑張るの　素晴らしい！

でも、時々必死になりすぎちゃって、

心が壊れちゃわない？

理想ばかり追いかけるより、100点取っても取れなくても自分自身は何ンも変わらない自分がいるコト。テストの100点ばかり目指すより、テストを通して眺める環境に目

が向けられれば、心躍る人生になることでしょう。

貴婦人‼も　夢じゃないよね♪

素敵な一日を☆彡

　"心が楽チンになる魔法"の　はじまり　はじまりぃー♪

魔法使いのフレグランス

CONTENTS

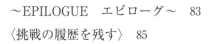

photo／
荒井登茂子・他

魔法使いのフレグランス

あなたを輝かせるトータルバランス

〈コミュニケーション・スキル〉

知っていますか？　最初の出逢い　3～9秒で、察知　サッチされてしまうってことを。
《人は見た目　9割》なんです。

ここで question　不快に思われたとしたら、覆すまで、どのくらいの時間がかかると思いますか？

3年。
はい、答えは3年の時間がかかるんですよ。
あなたは、どう思いますこの時間。
簡単に覆せると思っていませんでしたか？
それだけ印象って、大事なんです。

その見た目の印象は、あなたの、心の持ちようと、その時の思い・感情と、行動が一致していなければ、相手に不快感を醸し出している！
「メイクアップ」「ヘア」「モード」「所作」！
見られています。
さりげない所作のために、各関節を伸ばして、指先に　手の動きを意識して動かしてる感覚ありますか？
それが、心身のストレッチに　なりますよ。

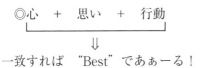

◎心　＋　思い　＋　行動
⇓
一致すれば　"Best" であぁーる！

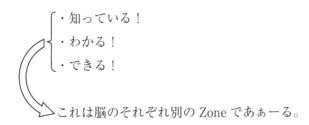

・知っている！
・わかる！
・できる！

これは脳のそれぞれ別の Zone であぁーる。

コミニュケーション・スキルを知らずしては、始まらない。

コミュニケーションとは 「心」 である。

　・IQ　…　問題処理能力
　・EQ　…　心の知能指数
　　　　　　※　EQ　…　知能指数を上げていく
　・自分自身との対話
　・他者との対話

他者との対話には、1に "話す"、2に "聞く"。

"話す" と "聞く" を、紐解いてみましょう。

1　話す

何を話す？　どう話す？　のが、良いと思いますか？

「話す」は、“何を”７％、“どう”93%　で組み立てられているのです。

　要するに、
プレゼンテーションは７％、
話すスピード・声のトーンの全てひっくるめて残りの93%、
雰囲気が大事！ということです。

　聴く？　それとも、聞く？

2　聞く　→ 聴く（心で身を入れて聴く）
　　　　　↘ 聞く

　この“聞く”には何が含まれていると思う？

　“聞く”とは、コミュニケーション。

コーチング・スキルも、この“聞く”が活かされていくので、相手を氣づかせることができるのです。
コーチングは、先に答えを言うことは NG でしょ。
オープンクエスチョンで聞く　５Ｗ１Ｈ（いつ・だれが・

どこで・何を・どのようにしていったか）よねぇー。

そして、その“聞く”時に　もうひとつ大事なことがあるの。あなた知ってる？

言葉遣いはもちの論。
聞く時の　相手に対する　姿勢！　なのよねぇー。

なぜ？　って、上から目線要素で聞かれて、あなたは嬉しい？　愉しい？　きちんと聞いてもらえてると感じる？
もし、自分がイヤだなぁーと思ったら、その聞く姿勢を見直してみない?!
相手を尊敬できるか、良い所を見られるか、どうか。
だって、聞く姿勢が８割を占めているのよね。

ここでも機能性ばかりじゃあないでしょ。

ね、

心

８割・９割を　　　　が　占めてる
心が１つにならないと、　より良くならない。

も、大事よね！

心に傷がつけば、体にも傷がつきます。
体に傷がつけば、心にも傷がつきます。

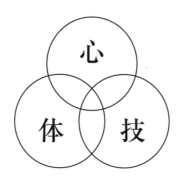

◎教養とは（＋）プラスを見る習慣である。

◎感情

不愉快な思いも　一回は吐き出してね。
一度も出さなくて抑え込んで仕舞っちゃうから、不調和音
になるのよ。

そうそう、嬉しいことも、愉しいことも、恥ずかしがらな
いでオーバーアクションに全快してね。隠しちゃってる人
も多いの。こちらも、不協和音になるのよ。

変えられるモノは、自分自身と今。

変えられないのは、相手と過去よ。

“顔晴れ”って、“がんばれ”とも読むの。

| 感情 |　　はね、

人生をコントロールする「姿勢」「表情」「呼吸」。

目に見えるモノだけじゃなく、嗅覚（きゅうかく）もアプローチの「香り」も、心身・脳裏までも潤す。

観て、聴いて、触って、嗅（か）いで、食して、五感の活用に＋（プラス）装って、品・知・遊‼なのです。

起こってしまった出来事は、過去となってしまうから　コントロールはできないの。

だけれども、みんな誰もが　この“コントロール不可”の所で悩んでしまう。

どうどう巡（めぐ）りになる要因は、起こってしまった出来事にネガティヴ要因の感情を持ち、あたかも自分には非がゼロとしたくて、相手・他人のせいにしてしまいがち。

だって自分自身がかわいいから。相手・他人の感情・氣持ちはお構いなしに。

さて、果たしてそれで良いのかしら？

良くないと思うから、不調になるのよね。

じゃあ、どうしたら良いのかしら？

良いことにも、悪かったことにも　同じように、感謝することなんです。

えっ、悪かったことにも　感謝せなあかんのかいな　プンプン　、(╹Д╹)ノ　プンプン　と思うでしょうが、そうなのよ　起きてしまった出来事は全てあなた自身に絡むモノだから。
ありがとう！と。

感謝するには、
どうしたら良いと思う？

内観法！！！

空海が考えた座禅。
なぁーーんも考えないようにして、ココ大事なんです。
何も考えないようにする、ほんの少し　その時間を設ける。
あらゆる邪念というのでしょうか、ただただ無心になるように座禅をくんでみると、自ずから自分自身のことを観られるようになり、最後は感謝の念になる。
空海は、この世を去る時、生きていた間に関わった全ての人を偲び完了させるのに49日間かかり、最後は感謝の念で天寿を全うした　と聞いたことがある。

感謝の "氣" を持たない人は、…。
やる氣がない！

やる氣、姿勢、顔の表情、…
これが、場の空氣で、一変する。良くも悪くも。

感謝！

これって実に厄介なもので、当たり前になってしまうと、
無くなってしまうのです。
無くなるだけならばよいのですが、「当然のこと」となれ
ば、イライラしたり、グチが出てきたり、不平不満ばかり
がマシマシ病になってきます。
こんな時に買い物なんてしてしまえば、もう最悪でしょう、
ろくな買い物をしません。

それでは、感謝の "氣" を少しでも保てるようにするには、
どうしたら良いのでしょう？

感情・想念！が、感謝！と相互します。
（相互…どちら側からも働き掛けがある互い）

| 感謝 | ⇄ | 感情・想念 |

"類は類を呼ぶ" ように、〈集合無意識〉が連鎖するので

す。（連鎖・つながっているもの）

さぁて、〈集合無意識〉の質を高めるには　どうしたらよいでしょう？

許す！！！

全て許せば本当はよいのでしょうが、人間ですから無茶かも知れません。けれど、許すという氣持ちを持とうとすることは、できるのではないでしょうか。

そうすれば、少しでも余裕が持て　穏やかに過ごすことができるでしょう。

　・成功するための苦労をしなければならない。
　・頑張ることは、苦労が伴う。

とか思っていたことも、

　・　収入をたくさん取っても、いいんだよ。
　・　人生を愉しんでも、いいんだよ。
　・　夢を見ても、いいんだよ。

と、こぉーんな風に　思っていた過去を許しちゃうのです。

許す

過去	→	今・現在	→	未来

〈今、ここに〉

・成功 ≠ 苦労　・感謝　　　・今現在の時点で未来に
・頑張る ≠ 苦労　・愛　　　　　向けて、持ってくる文
　　　　　　　　・笑う　　　　章で未来になる
　　　　　　　　・愉しい
　　　　　　　　・ワクワク
　　　　　　　　・信じる
　　　　　　　　・許す
　　　　　　　　・チームワーク（2人以上のエナジーが出る）
　　　　　　　　・嬉しい
　　　　　　　　・人を信じる
　　　　　　　　・人を許す（他人も自分も）
　　　　　　　　※この種を持つと Good！
　　　　　　　　　お買い物でも何でも良いモノが来る。
　　　　　　　　※感情は、人生をコントロールする。

形入法

(^-^)　　　　　・姿勢
〈(` ^ ´)〉　・表情（口角を上げると人相が良くなります）
(✓ヘ)　　　・呼吸（腹式呼吸）

世の中　癒し系が散乱して来た時代。

様々な講義、講座も増え、続々と参加者もいる時代。

それだけストレスを抱えている人も多くなり、発散を求められる時代となった。

しかしながら、その場　講義講座の場から出れば、せっかく得た知識を活かせない。

どのように活用して良いのか…わからないのも現状。

自分自身が客観視できずに、自分を見失ってしまうのも無きにしも非ず。

集団の講義講座のレクチャーは、一人に対して大勢だから、パーソナルの部分は難しい。という部分を忘れては、実にもったいない。

また、頭脳（知識）ばかりでは　日常生活、プライベート、お仕事も含めて、愉しむことは難儀である。

トータル的に、外観・内観が合体して、はじめて　その人自身である、と考える。

誰しもが、少し先の自分を見られず、目先の自分しか見られなくなってゆく。なりたい自分、ありたい自分を夢に見ても、行動が伴わなくなる。

意志と行動を一体化しなければ、その人にならなくなって

ゆくのではないでしょうか。

自分を客観視するには、一つひとつの個々で得られる知識よりも、様々な観点角度からを、ひとつとして初めから提供できれば、迷える子羊にならなくて、老若男女に笑顔が増える！と思うのです。

合理的ではない、かも知れない。が、必要ないと一瞬思えることも、どこかで点と点が氣づかないところで引き寄せ合って、いつしか結びつく！
その人そのひと、それぞれの誕生。
それが、私の考える"トータルバランス"。

日本古来の言葉「心技体」

スポーツをする人によく使われていましたが、日常生活でも必要なんだと思う。

内的要因と外的要因

このバランスが問題なのであーる。
バランス‼️というと、50：50　フィフティ・フィフティと、思われがちですが、機械ではない人間は、常日頃そんなに上手くいくはずはない。

どれか　自分の良い所、思う所を大きく見積もる‼
それだけで十分ではないでしょうか？

日により、それでも落ち込む（クレバスに降下）時もある。
それでも補えるモノ（部分）を自らが知るだけでも、十分
なのではありませんか？

時には物凄くラッキー☆なこともあったりしますよね。
それで十分、自分の歩く砂利道は均されて、いくのではあ
りませんか⁈

また、人間には元来、テレパシーも存在しておりました。
言葉を使うようになり、テレパシーを使わないので、うす
れて…　消えたように錯覚しているだけでしょう。
勘、カン‼も、同様では。

心技体の技とは、特別なものではなく、その人の好きなこ
と、特別なこと、他人から誉められたことなど…

心は、氣持ち、感情ともいいますよね。
喜怒哀楽の表現は大事なんですよね‼
まわりに振り散らかす必要は、ない。けれど、自分はしっ
かり、感じてあげないと　心が病んでしまいます。
心が病むと、ふさぎこみ、表情、態度、全てに出ます。何
かに当たり散らしたり…します。

体は文字通り、体です。

不調があれば、痛みも出ます。

不調があれば痛みを抑えるために、体を丸め込み耐えようとします。表情、態度にも表れます。

心と体は、同じように　思いませんか？

心と体が病んで痛むと、どうなると思いますか？

外出するのも、イヤになります。

人に接するのも、イヤになります。

自分自身を卑下するようになり、他人をジェラシったり、他人の目ばかり氣にするようになったり、自分中心の言動になったり…　目立たないよう陰に隠れます。

自身を装うお洋服にしても、色も目立たない色を選びます。（好きな色は、心の中にシマイコンデ）
着たいお洋服を選ばないから、着ないから、体型もどんどん崩れていきまして、「わたし、昔は細かったの。40kg台の体重だったのに」なんてセリフも出たりして。
たとえば、毎日洗髪しているとか、お顔を洗うとか…もう、そういうレヴェルじゃなくなります。
ある程度の体型等は、違うのです。小奇麗に見えないのです。声も同様のことが言えます。

それでは、なぜ？　その様子から俗に言う、明るくポジティヴに見えないのでしょうか？
当のご本人は、暗くネガティヴにしているつもりじゃなくても。

夢を見ないからです。

夢とは、大っきなモノばかりじゃないのです。
あー、プリン食べたい！だって、良いのです。
あー、プリン食べたい！から、どうやって、どこで、だれと　どんなプリンにしようかな⁉
（食べ物に例えなければ、よかった（笑））

そして‼️　夢を想像しないからです。

想像しない夢は、バクに食われて消え去ります。
想像するとは、見えない自分を、未来を生きられるのです。

想像を具体的にすると（憧れの写真を眺めるのでも）、より今の自分と、未来の自分の差が縮まってゆくのです。

もし、本物に触れることが可能ならば、ラッキー・チャチャチャ♪です。
五感を活用して、＋ α の第六感‼️

少しずつでも養われる、と。☆☆☆

過去を生きてネガティヴより、時は平等に過ぎてゆくのですから、未来を生きて活きるほうが愉しいと考える"トータル‼"
そのトータルのひとつひとつを、あっちこっちで学んでも、その人その人の別の面を知らずしては、本来のトータルにならないように思うのでありまする。
そのような所がないので、あったらいいなぁー ^0^

それが私の　タップダンス　社交ダンス　バレエ　に　活かされている！　"シックなエレガンススタイル"

〈常識基準での出来の悪さ〉

常識というのは　常に変化していて　常に時代遅れなのです。
そして常識は　何の軸もなく　ただ多くの人がやっていることが　常識の基準になります。

非常識というのは　少数の人がやっていて　常識基準から見たら　変わり者なのです。時代の変化が激しくて早い
今の時代は　常識の基準も曖昧になっています。価値観が多様化されることで　常識の基準が曖昧になっています。

ただ未だ過去の価値観を基準にしている人は　過去の常識が　基準になっています。
その基準から見たら　非常識な人は出来が悪いのです。常識についていけないので　出来が悪いのです。

時代が大きく変われば　出来の悪さの基準がひっくり返りますが　多数決の論理の中では　過去の常識基準に合わせられない人は　出来が悪くなります。

いつの時代でも　非常識な変わり者が　時代を変えてきました。
大きな影響力がある人は　大きく時代を変えていきますがほとんどの人は　現実の目の前のことに影響を与えていく次元になっていきます。
なので、今の現実の中での　常識基準についていけない
出来の悪さを目指してください。

過去の時代は　常識基準についていけないと　大きな問題のような雰囲気がありましたが　今の時代は　常識についていけない出来の悪い人が必要なのです。

なぜなら　非常識な人は　時代の変化基準が見えているので　時代の変化に対応できるからです。完全完璧の対応はできないにしても　変化に対しての柔軟性があるので　過去には囚われないのです。

今の加速時代は　過去に囚われている暇はありません。

常に前に目を向けて　今できることに最善を尽くすことで
加速時代の波動に合わせることができるのです。
加速時代の波動に合わせることで　常識基準に合わせられ
なくなり　ますます常識基準では出来が悪くなります。

常識基準は　それぞれの環境によっても異なっていきます。
環境というのは　暗黙の了解のような　文化になっていて
その文化が　常識の基準になっているのです。なので　今
の目の前の　環境の中での常識基準の把握も必要なのです。
そして　その常識基準を　上手くかわしたりしながら　常
識に合わせないで　最善を尽くしていくという工夫力も必
要なのです。

常識が基準になっている人は　固定観念が強くなっていま
す。固定観念は　単なる意地ではなく　意地以上に深い思
い込みなので　簡単には崩せません。ですが　非常な歩み
によって模範を示すことができれば　何らかの影響を与え
ることができ　常識基準に刺激を与えることができ　環境
を変えられる工夫ができるようになります。
多数の常識基準に　合わせられない　出来の悪い人が　本
当の意味で　今の時代に　求められているのです。

〈開運ハッピーライフ50〉

EQ（心の知能指数）は40代でピーク？

以前読んだ本の中に、「人は感情から老いていく」という項目があり、ドキッとしました。

体の老化は目に見えますが、心の老化は目に見えませんね。

IQは高齢になってもあまり落ちないそうですが、EQは40代でピークを迎え、なんとそれ以降は放っておくと衰えていくんですって。

EQは　仕事や私生活で幸せに過ごすために　とっても重要なもの！

いつもはフォーユー精神でも　ときにはミーファーストでときめく心も忘れずに　笑顔で楽しくいつも上機嫌でいられるように　普段の生活の中に、積極的に楽しみを見つけていかなくてはと改めて思いました！

感情の老化が始まったとしても、意識の持ち方や過ごし方で、その後の人生が大きく変わるのなら、新しいことにもどんどんチャレンジして常に自分をアップデートしていたいです。

企業戦士だった紳士との会話の中で「成功する人の共通点ってなんだと思いますか？」という質問をしてみました。

現在、88歳になってもキチンとした身なりで社交ダンスを一緒に踊るジェントルマンさん。

どんどん進化していく人と、そうでない人…。きっと違いが顕著にお分かりになるだろうなと思い聞いてみたんです。そうしたら　軽さ‼と、おっしゃっていました。やっぱり「軽やかに」なんだな。
思考が重い、行動が重い、だと、現実が変わっていかない。思考も、行動も軽くすることで、どんどん現実が変わっていくんだろうなって思います。
昭和の時代の企業戦士、時代が変われど全く色褪せないのよね。時代は巡る、ってホントにそうなんだよね。まぁー彼はSNSは苦手だけど、けっこうパソコンを操っておりますよ。

今の社会情勢のお話も二人でしちゃいます。その中で
「好きなことを仕事・趣味にしたいけれど、その方法がわからない」という若者たちの言葉にも、起業も本当に「軽さ」が大事だなって思っています。思考を「軽く」持って、「軽く」どんどん行動する。

何かを始めるのに、言い訳はいらないのです。
自由に軽やかに何でも始めなさい。動けなくなって、聞こえなくなって、初めてそれぞれの有り難さがわかるから。その時になってからでは、遅いさ。

やれば見える景色が変わる。今なんて、パソコンも、スマートフォンも便利なものが有り余るのだから。好きな時に好きな場所で好きなように、自由に軽やかに。ステージを上げてみて。

〈ステージを上げる、とは。〉

居心地がいい場所ばかりで安泰でいれば　危険信号。
ステージが上がる、ということは　別れもあるということ
です。物にも　人にも　住居にも、です。
当たり前だと私は思うけどひきずる人も多いのです。

あのね　ステージを上げたい、と口で言ったって　メモし
たって　何も変わらないのよ。ステージを上げるための
そういう実力も覚悟もなかったら、あんまり口に、言葉に、
人様に見られるようになさらないほうが良い言葉だったり
します。

もちろん　心友だとか最も大事な人たちは変わらない、そ
れに家族も、家族に近い関係性の人たちも。
でも　多くは　本当にステージを上げるに相応しい人間関
係なのか　よく考えたほうがいいのは、自分以上に周囲に
いる人はその人のステージを物語るからなのであぁーる。

本当に一緒に居たい人は　成りたい自分を体現している人
なんじゃないのかな？
過去の話ばかりで盛り上がることなのか　そこにいない人
の悪口を言って薄汚い満足に陥る世界でいいのか　ほんと
うは氣づいているのに　行動に移せない人は　そのステー
ジを生涯変えることはできないのです。

ダンスのインストラクターをしていると、よくあるお客様・生徒様の希望のこの一言。

ステージを上げたい。

ダンスのステップだけでステージが上がるなら、そんな安易なモノはない。ステップは、後押しするだけのモノ。

ステージは自らの行動からしか上がらない。

あれもこれも　嫌われたくない　安売りの自分から　卒業していきましょう。

卒業した人にしか見えない　次の世界こそが　ステージが上がった証拠です。

居心地がいい場所ばかりで安泰でいれば　危険信号なんです。もう一度、ステージアップについて考えてみましょうよ。

うーん…　ステージが上がるということは　捨てるモノがあり、新たに取り入れるモノがある、ということ。

1年前と、今。5年前と、今。10年前と、今。

その時々のコト。

だんだんと捨てるものはほぼなくなっていくのでしょうが、その時々の時とはまた違う【真価】の本質を感じるコトでしょう。

"心"

〈好奇心〉

愉しい、面白い、斬新！　優しい夢があると、ステキな笑顔と魅力的な「好奇心」が生まれるのです。

その「好奇心」を大事にすれば、視野も広がって、想像力も豊かになって、どんどん愉快になるのよね♡

どんなことにも興味を持って体験する‼

すると、ぐぅーるぐると巡り巡って、向こうからトコトコやって来るわ。

〈忙しいよね〉とか〈暇な時間あるの？〉とか、言われるけれども、ただ愉しいんですもの♪

好奇心のおかげで　愉快‼

〈思い出に変わるまで〉

お空を見上げていたら"フッ"と浮き上がってきたのはね、愉しかったコト、つらかったコト　……もぉーっと当然いっぱいあるわ。

様々な感情が瞬間湯沸かし器のように、沸くわ。沸騰することもあるしね。だって元々短氣ですもの。

それをある時から、一呼吸置くことに努力したの。

そうしたら、なんということでしょう！

一瞬の感情は今でも起きるわ…

思い出に変わるまで　時は流れてく。

今日も、なにかしらあるよね！　きっと。

それでも、おんなじ時が流れるなら、「つまんなーい」を
早く思い出にしちゃお♪　だったって。

〈～挨拶～　コミュニケーションの心〉

今、どんなにメールや携帯電話が主流になっていても、欠
かせないモノが直接会ってお話をする、コミュニケーショ
ンは基本中の基本。

それは、人間にだけ与えられた一番大事な伝達で対話がで
きる優れた方法だからなんです。

「親しき中にも礼儀あり」とあるように、人と人が目を合
わせれば自然と「おはよう」「こんにちは」と言葉が出て
きませんか？　人に会ったら挨拶ができていても、もう一
人、忘れている人いませんか？　一番に挨拶をしなくちゃ
ならない相手なんですよ。知っていますか？

それは、自分自身にです。

自分自身を大事に思うコトを忘れちゃいけないんです。

THOUGHT & ACTION　思考と行動

☆理不尽な状況に負けない

☆新しい仲間は大歓迎！

☆弱い立場の相手にやさしくする

☆いつだって自然体

☆拒絶しないやさしさ

☆美しさ以外の価値を持つ

☆自立心の芽は大切に

☆望むのは、祝福される恋愛

☆眠ることで、事態が好転することも

☆弱気な相手は、ちょっぴり挑発

☆心ときめくコレクションを持つ

☆氣持ちを思い切り表情に出す

☆お腹を満たして氣持ちを明るく

☆反対者も、頼ることで味方に

☆判断基準はいつだって自分

☆結婚するなら、好きなとき、好きな人と

☆何事もとにかくチャレンジ！

☆犠牲を払っても大切なものを守る

☆言葉の力で自信を育てる

☆交渉事が上手

☆相手をほめて認めてあげる

WIZARD FRAGRANCE POINT　魔法使いの香りポイント

☆前に自然に触れたのは、いつですか？
　森や川などに行って心を浄化すれば、自分の道が見つか
　るかもしれません。
☆興味のあること、好きなこと、嫌いなこと…。話をして
　相手を知ることが、後悔しない恋愛の秘訣です。
☆あなたに「必要な」モノは何か、大切なことを忘れてし
　まっていないか、自分自身を見つめ直してみましょう。

FASHION & STYLE　ファッション＆スタイル
衣は人格を表す
☆色
☆姿勢
☆ドレス
☆靴
☆ヘア
☆言葉
☆マナー　所作
☆時間

～体～
美しい食事風景から

HEALTH 健康
運動
決断
ボディ・コンディション
清潔はエレガンス

〈愉しむ自分を創る♪〉

何もないところから創りだす。
まっ白い画用紙に　何を描こうか。
目に映る花を　華を　まっ白い画用紙に描こうか。
たくさん描きましょうか。どこで描きましょうか。
いえ、いえ、違うんです。
目に映った様々なモノ、そのモノたちから、何を感じるの
か。どう想うのか。それを、どのような形に表すのか。
新しく生まれさせ、創り出していくのか。まっ白いところ
に、色とりどりに彩り、更に、無形から有形へと立体化に
して、創り上げる。
そこには、愉しむ自分を創るコトと成るのです。

そうして、タップダンス・社交ダンス・歌い・演奏して
ジャンルの垣根なく、年に一度ホテルの一室で行う「ダン
ス＆ミュージック♪　ショーパーティー　ココ・ラパン」
は、発表会と言えば生徒さんたちの発表会でしょう。
しかし、ただの発表会にはさせない。発表会という、アマ
チュアという、プロフェッショナルという、観客という、
垣根の形を破っているのです。あるのです、そんな形。
一年ごとにテーマを決め、その中にシナリオがあり、演者
（観客も演者）がミュージカル仕立てにして創り上げる。
同じ形はない、から、「登茂ちゃん、《宝石箱》のよう♪」
と言われるゆえん。

プランニング、マーケティング、ブランディング。商品や
サービスを世に贈り出すまで、様々な過程を経て。パター
ンはあっても、どれ一つ同じモノはない。同じじゃつまら
ないでしょ。飽きるでしょ皆様が。だからこそ、一回一回
生み出す力が、必要になる。
発想力を起点にして、老若男女は関係なくて、その人その
人の特長をイメージ化させて、その時その時の持てる力を、
輝かしいモノに注力する。固定化されたイメージを破り、
新しく作り上げる。
言うはタヤスイ。誰もがみなさん言葉を頭では理解してま
すよね。どうしたら?!　それは、その本人自身も思うコト
でしょう。
その際、私は知識や経験よりも、必要なのは一緒に愉しむ
心が大事だと思っています。

『楽しくなかったら絵なんか描きませんよ』
おーっ!　見つけた!　と、思わず叫ぶ!!!　この言葉。

いくら愉しくても、アイディアが浮かばない。それは、愉
しんでるように思えるだけで、心から愉しんでない。と、
フランス印象派の画家ルノアールの言葉なのです。
愉しむ原動力が、何よりも強い!
ルノアールと私たちは違うわ…と思うんでしょ?
違わないわ!!!　おんなじ人間ですもの、あなたの、私の、
心の持ちよう次第ね☆

人ごとじゃない。自分自身が、いかに愉しんで、そして、どれだけ挑んでいるのか‼　ただ、それだけ。

あのね、レッスンしてたり　衣装・楽曲 etc.『仕事してんだか、なんだか　わかんないわ（笑）。ドライブして愉しんでいるだけよ♪♪♪』って、登茂ちゃんよく答えてるわ、しかもナチュラルに。

「クリエイティブ」って、芸術家　技術家 etc. だけじゃないよね。人間はアダムとイブの時代から創られてきた。創造は、創造的な自分を、創造するコトから始まってるのだから…と、解釈しているの。

能力を発揮できる自分、愉しむ自分を創ってきた、これが長く続けられる秘訣ね☆

〈怖がってる場合じゃ、ないやん〉

おばけなんて　ないさ　おばけなんて　うそさ
ねぼけたひとが　みまちがえたのさ
だけどちょっと　だけどちょっと　ぼくだって　こわいな
おばけなんて　ないさ　おばけなんて　うそさ♪

ねぇ、歌わなかった⁇!　テレビジョンに向かって、大きな声で一緒になって、私は歌ったわ。

大人になって今、怖いことって、なんでしょう??! 子供
の頃は、お化けだったり、自分よりもおっきな人やモノだ
ったりしたけれど…。高い所から見下ろすのが、怖いな。
だけじゃなくなってきませんか？

ええ、そうなんですよね。目に映るモノ以外に、もっと目
に見えない何かからもあったりしますよね。

例えば、人見知り。内弁慶。借りてきた猫。人前は苦手。
劣等感 etc.…。

確かに子供の頃もあったでしょう。が、大人になるにつれ
て、どんどん拍車がかかり、周りを見すぎてしまって、身
動き取れなくなってしまう。

ハイ、もちろん私にもありました。

今の私からは、ウソーって信じない人が多すぎ（笑）。

うじうじ、ぐだぐだするのをやめたの。今も努力してるわ。

なんやかんやいつまで言っても、どんなに何十回何百回と
言っても、《変わりたい！》のに、変われない。それが現
実。言うはやすし。変われないのよ成りたい自分に。

なんででしょう？《変わりたい！》って、本氣で思ってる
のに。でも、変われずにいるでしょ。

変われないのは性分だから、仕方ないと言う人もいるけど。

変わった人も実際にいるのよ。ウソなのよ、性分だからな
んて。逃げだよね。怖いんだよね。怖いんだよね。お化け
が出るようで、怖いんだよね。

変われないじゃなくて、変わらない自分を選んでいるんだ

よね。だから、変わらない。

怖がってるから、全てを。

ひとつずつ、ちょっとずつ、今までのイヤなコトの真逆を
意識したの。私は変わらない自分が苦しかったから。スト
レスに自律神経も乱れ、病院通いもした自分がイヤだった
の。だから、変わるように努力行動したわ。

本当の自分の姿で生きたいから。生きて、活きて、イキイ
キ息して、粋な風変わりと、変わる努力をしていない人た
ちから何と言われようが…氣にしないことを選んだの。

そしたら、ちょっとずつ余裕が生まれてきたわ。まだまだ
幼稚園児の余裕枠だけどね。幼稚園児の余裕枠でも、以前
にはなかった枠なんだよね。

「人間は進化する動物である！」と。頭脳を使い"へん
げ"する動物が人間よ。体を発育させるのが成長。どんど
ん進化を恐れちゃダメ。猿人類に逆戻りしてもいい？

「どんなことでも、どんな分野でも、おんなじジャン」

頭脳も体も、どちらか一方通行だと枠狭いよ。もったいな
いでしょ。せっかく人間に生まれたのだから。

一番大好きな自分は、世界にたった一人しかいない
ONLY ONE！よね。

〈コンプレックスを隠しちゃうの？〉

人からしてみれば何でもないようなこと。でも自分からしてみれば、かなり深刻なこと。どうすりゃいいの？　ってなことなんだろうけれどね。

あなたは、どう？　何かある？　お顔の、シミ？　しわ？　崩れてく体型？　薄れてく髪の毛？　白い髪の毛？

さぁーて、人それぞれ。全くない人なんているわけないんだけれど、氣にしすぎてしまっては、損しちゃうわよ。それじゃどうしましょうか。

「キレイになりたい！」の氣持ちは、女性にとって「幸せになりたい‼」の氣持ちと、同じじゃないかしら。

でも、「キレイになりたくない」は、「不幸でも仕方ないのよ」と、同義語でしょ。だから、女性は「キレイになりたい‼」の氣持ちを、決して失っちゃいけないと思うの。

「キレイ」も「幸せ」もすべて放棄する女性は、この世にたった一人でもいちゃ、いけないの。私は、心底そう願うのです。

考えは言葉となり、言葉は行動となり、行動は習慣となり、習慣は人格となり、人格は運命となる。
と、言った人がいる‼

いっぱいお勉強しても、いっぱい教えてもらっても、いっぱい本を読んでも、いいっぱい、様々、何かしらを〜して

も〜しても、どうしてそうなるの？　どうやったらうまく
いくの？　etc.…。お勉強したこと、教えてもらったこと、
本を読んだことも…。【こういう考え方】も、あるんだな
ぁ。私に置き換えたら…どうだろう?!って、考えて考える
人になったら、少しずつ自分のやりたいこと、って、コト
なんだね。
人間は考える動物である！と、誰かが言ってたでしょ♪
ロダンの彫刻を真似しましょ。でも、動いてね。

『楽しみなんだけれどもね。私、氣ちいさいから、クラク
ラする』と、《新しいコトを開始しよう！》とする彼女か
らのメッセージが、昨晩送られてきたの。
確かに、初めては不安よ、誰だって。初体験！だもの、当
たり前よね。ドキドキ＆わっくわくが、どこまでも入り混
じって。このままでは、いつまでたってもらちがアキマセ
ンよね。何回でもこの症状が出てきて対処不可能。
それじゃ、どうしたら良いのでしょう。
これを知るだけでも、落ち着けると思うの。それはね、
"ビジネスでも、プライベートでも、上手くいってる人の
85％が、スムーズにコミニュケーションがとれる！"。
85％!!!!
それじゃ私にはムリ★と、心ん中で叫んでるでしょ。ムリ
ムリ絶対に私は無理ムリムリムリムリ、と。
そして、コミュニケーションが苦手★と、思っていませ
ん？　もうそこで、ナンセンス。

初対面で緊張して会話が続かない、とか。相手との会話を広げることができない、とか。褒め言葉も上手く言えない、とか。共通の話題があるから話せるけれども、とか。

そ・れ・か・ら、相手の意見を聞きたいのに上手く聞けない。いつも誤解されてしまう、とか。数え上げたらきりがないわね、苦手を。

だって、85％の人たちだって初めから上手くコミュニケーションできたと思う？　誰もがみんなできなくて、経験を増やし、体験し失敗もして、できるようになって85％‼

大声出して笑ってみて！　会話が上手くいかない時ってね、自分のコトばっかし氣にしてんの。一見「目の前の相手」を重視しているよう…なんだけど、はい！　実は逆になってるんだよね。

相手にはできないコトがある、かもしれない自分。その自分に不安、行動や言葉が足りなかったらどうしょう、と。

でもね、会話術を学んでも変わんないよ！

知識は大事よね、ノウハウ通りにするのもいいのですが、実践は最も有効なのです。

とにかく、人に興味を持ち、自分のことを理解してくれる人とはたくさん対話をしてみるの。

〈嫌われるかも知れない〉と思って対話をしているうちは、何をやっても空回り、相手にも伝わってただの時間泥棒になってしまうわ。

〈嫌われたって構わない〉に、心底しらず知らず、信頼を

寄せられるように☆彡なってしまうわよ。勝手に、ね。

五月の靴を脱いで、新しく六月の靴を履いてみない?
目に見える何かしらを、新しくチェンジしてみて?!!!　そ
うしたら、新しい世界に突入かもよ。
　"チェンジ"と聞くと、特別なモノ　高価なモノに感じな
くてもいいの。もし、結果的に高価になっちゃった時は、
自分の見る目がアップした♪と喜べばいいの。そこで、
「あー高かった」と、お金さんが嫌がる感情はなしね。
素敵!!と心がときめいたものが、最高の"一点モノ"にな
るのよ。

令和になって、あなたは何かしらちょっぴり変わりえた?
私は変わりえたよ♪　どう?　前へ進んでる?
あなたが、少しでも氣になることがあるんだったら、即行
動してほしいけど、その前にあなたに question、ちょび
っとでも重たいお尻を上げられるように。
机の上で勉強して知識もやり方も得たのに、もしも変わり
えなったら、何かが足りないからでしょ。何だと思う?
「変わりえる」と「変わりえぬ」この違い、何だと思う?

トキメカナイからだよ、きっらきらっと☆彡
トキメクのは、「頭脳」じゃない。トキメクのは、「心」で
しょう〜☆
心が揺れ動く、踊る。胸が躍る。目に見えるモノからのア

プローチ、《視覚》。

常に目にすることで、ワクワク感を持続できるのよ♪♪♪

どうして新しくするか？　今までのモノで、その程度の感覚でしょ。トキメイテいたら、もっと違うステージに立っているコトでしょう。もっと、変化の兆候があったハズでしょう。

氣分転換にインテリアの模様替えをしたり、それとおんなじよ。それをマンスリーでも、いいでしょ。今ここから、目に見える何かしらをチェンジしてみない？

"色"

〈色・光の魔術〉

無難な　黒！　お洋服を着る時、色を持て余すタイプの人は、よく黒をチョイスする。私は黒が、難儀で仕方ないのに。紫、比較的難しいとされる紫とかの方が…扱いやすい。そういえば、こんなことが…　友人の付き添いでブティック「モード・エル」に行って、おもしろかったよ。

最終的に私は「オレンジ色」、彼女は「黒色」、フレンチスリーブのブラウス＆ロングタイトスカートのスーツを色違いで買って、わざとお揃いで着て街を肩で風を切って歩いてみた 22 〜 23 歳の頃ね。

なぜ、私は「オレンジ色」で、彼女は「黒色」か、って。彼女がお得意様だったこともあって、ブティック内のお洋服を散々と試着したの。マヌカンさんが「まぁーよくお似合いです！」と、女性心をくすぐる言葉を並べる。残念だけど、着たいお洋服の形と色が似合わなくて、彼女にしっくりと思わせる色が「黒色」以外なかったの。

ちょっとご機嫌斜めの彼女から「じゃあ、オレンジ色と黒色」を私に着てみての要望。私にお鉢が回ってきちゃった。それで彼女に応えて、私が着てみたら…　あろうことか、彼女も、マヌカンさんも全員一致で、私に「黒色のほうが、派手に見える。オレンジ色のほうが、落ち着く！」と。

"バラ色の人生"

強みや魅力は、誰にだってアルのよね。だって、世界中で
たった一人の自分、なんだ‼　誰もが！　私も。

個性は作るのではなくて、今の自分が持っているのよ。た
だ、隠しているだけ。鏡に映してみて、幾重にも変幻自在
でしょ。

人と人も繋（つな）がりだけど、世の中にある全てのモノ・物体も、
人間だけじゃなくて繋がっている、のよね。

『ムダの遊惰（ゆうだ）』って、知ってますか？　世の中にあるモノ
全て、ムダなものは無い。のです。

ムダと思うのは、その見方の方向が、ちょっと一方向すぎ
たり、ちょっと短かったり、ちょっと偏っちゃったりもす
るから、少し息吐いて、キョロキョロ辺りをも観回（みまわ）して、
見ることをお勧めいたします。

"技"

〈ほんのちょっぴり意識を変えるだけで…〉

いくら他人から「頭がいいね」「綺麗だね」etc.と言われ
ても、自分のことがキライと思って本来の自分になりたい
と願っている人、女性は多い。今、満たされていない氣持
ち、荒んでいる心を抱えたまま、成りたい自分を願うより、
ほんのちょっぴり意識を変えてみるだけで違ってくる。
あんまり深く考えすぎなくても「自分style」になれると
思う人もいる。本物の「自分style」にはなれない、とい
うのが現実だったりして…。
本当のなりたい自分は、心と体（身体）のバランスが絶妙
に保たれています。だから、輝いている美しさの「エレガ
ンス美人」は、"綺麗エレガンスのムダは、人生のムダ"
を、兼ね備えているのです。

ダンスのステップはマスターしたんだけど、踊れない。社
交ダンスのパーティーで他の人と踊れない。「踊ってくだ
さい」の声もかけられない。上手くなってからしかパーティ
ーに行けない、という人がいます。
ダンス教室に行ってグループレッスンばかりでは一人に対
して大勢、ならばプライベートレッスンとして、社交ダン
スの教本も、DVDも観覧し、体の使い方の本も数知れず、
それでも自信がつかない…。サークルのメンバーとダンス

パーティーに行って内々で試してみるけれど、進展がスローリィーすぎて結局はおんなじ氣がして、誰とも踊れない。それは、ステップも、専門用語も、ルーティンも覚えたのに、結局活用しきれない、ということでしょう。

要するに、"理論はマスターしたけれど、活用しきれず想うように踊れない人"。もちろん、理論を知ることは素晴らしいし、価値があることです。でもでも、それだけで、そこまでで「出来上がり!!!」となってしまうのは、実にもったいない。もったいなさすぎる。まして、その理論も、ステップも、使わず活用しなければ、たちまち忘れて廃れてしまう。

衰えてゆくのが、脳である。

膨大な時間とお金を費やしてまでしたことが、一体何だったのだろうか、となってしまっては、まさに時間のムダ、人生のムダ、とならないのでしょうか？

「英語ができていいね」と言うと、本物のバイリンガルの彼女から「英語ができるだけじゃ意味ないの。英語って使ってなんぼ。英語で何をするかが問題なのよ」と答えが返ってきたことがあった。

ダンスのステップも同じ。その他のどんなことも、英語のバイリンガルの彼女が言うことと、おなじでしょ！

そしてね、氣がついたわ。『せっかく、一生懸命勉強して

資格を取って持っていても…ムダにしてる』。

『せっかく、磨き上げた美容・お肌に、髪に…ムダにしてる』『せっかく、ダンスの知識を・ボディの動きを知り得ても…ムダにしてる』『せっかく、オシャレをしようとお洋服を選ぼうとしても…ムダにしてる』『せっかく、綺麗にメイクアップしようとコスメを集めても…ムダにしてる』『せっかく…』

『せっかく…』どれもがせっかく、と、いうこと。どんなに勉強しても、どんなに素肌・髪がキレイでも、等々、どんなに素材を磨き上げても、人がそのことに氣づかないのは、何かが邪魔をしてるのか、氣づかせる何かが足りないの…かも知れないの。

どちらにしても、その人は、自分の素材に氣づいてない。だから、自分自身の美しさ、存在の在り方の美しさに結びつかないんだと思う。細かな無数の点と点が集まって、結びつける〈線〉になる。

その点、例えば、「キレイねぇー！」って、素肌だけ見て言う？　艶々の髪の毛だけ見て言う？　それに纏わるもう一つの何かが加わって、キレイなモノ・ステキなモノを見てるの。"素肌・髪"を、ポツンと独立して見てないんだよ。単体で見えたとしたら、「もったいない。宝の持ちぐされ！」に、映っちゃう。

時間をいっぱいかけて（直にお金を支払ってなくても"時は金なり"）、お金さんもいっぱいかけて（高額でなくても活用しなかったら）、この"見えないモノ"だったら、空

しいでしょ。その半分でもいいから、お金さんと時間を、それ以外の何かを輝かせるように使ったら、全く違うモノになってくるよ。

磨き上げた素肌に、丁寧に活かせるメイクアップをし、艶やかな髪にヘアアクセサリー or ちょっぴりアレンジして、小綺麗なファッションにして、etc … と、ひと手間をかけてみるといい。そうしたら、人よりも、自分が〈ハッ！〉と、させられるよ。

"知識のムダ" "美容のムダ" "様々な単体のムダ" は、女性にとっては大袈裟かも知れないけれど "人生のムダ" になっちゃったら、イヤだと肝に銘じたい。

仰山あるようでないよ、月日は流れゆくから。

〈"知識" と "感性" の違い〉を、あなたはわかるだろうか？

それをハッキリ見たことがある。"左脳" ではダンスを踊る時にステップを見ているのに対して、"右脳" ではダンスのステップを感じているの。この差はグレイテスト、最上級に大きくて、最終的には踊っている表情も姿形も全てにあらわれてしまうのです。

社交ダンスを始めてばかりの頃、不慣れな私をいつも優しく温かく見守っていてくれていた女性から、「ステップも大事だけれど、女性は顔で踊るのよ！」と言われた言葉が今も心に宿ってる。

つまり、ダンスを踊るというのは"知識"がいくらあっても活用できなければ効かないけど、"感性"が鋭い人には、黙っていても効いて、自然と知識も増えてしまうのです。だって、感性の女性たちは、「キレイに」とか「美しく」とか「愉しく」とか「シンデレラのお姫様になりたい」とか、ダンスに対していつも夢や希望を持っているし、意志もあって心が介在しているんですもの。

ダンスのステップそのものには「興味はある？」と聞けば、「ないかも（笑）」。けれど、「ダンスは好き？」には「もっち論、大好き‼」な人たちなのよ。だからダンスのステップにも素直な氣持ちで夢や希望を持ってる。愉しく踊っていたいから、別に余分な知識を会得しようとしない。ステップもテクニックも、素直に受ければ、スゥーと届いちゃうし効いちゃうから。

もちろん、「効かせたい」とか「完璧に」とか「間違わないように」とかも、ダンスが綺麗に上手に踊れる要素なのは事実であるのだから。全てがそうじゃないケースもあって当然よ。

そして〈感性って、感受性よね〉。

女性が綺麗になるのに欠けちゃいけないモノ、なんだと思う？

これが欠けちゃ致命的だと思うのが、"感性"です。

感性って知っているでしょうが、"感受性のこと。感じたことを受け容れる。人としてのセンス・バランス感覚のこ

とと言ってよいと思うの。

ダンスを通して、たくさんの人と接してきて思うのは、綺麗にエレガンスなのは感性の豊かで愉しんでいる人で、感性に乏しいと思われる人は、綺麗でエレガンスに見えない人。これは動かしようのない事実。同じことを観てて思う。

それじゃ、生まれつき"感性"がないのかしら？
なにをやっても"ムダ"なのかしら？
自分に感性があるのかないのか、ムダなことをやっているのか、いないのか…。

"ある人"には"ある"とわかっていても、"ない人"は何のことすら氣づいていない。
感性があって一見ムダをやっている人より、感性がなくて最短を目指している人は、綺麗にエレガンスになれないことになってしまう…って？　そうじゃないよね。
本来"感性"って育てるモノ。そして、必ず育つものよ。
だったら育てりゃいいの。もともと持っている人だって使わなければ廃れちゃうでしょ、なら、みぃーんな"感性"を育てることを意識してやりゃいいよね。それもまた、ひとつの魔法でしょ。
わぁーキレイ‼☆　感動は「五感を研ぎ澄まされるモノ」。
感じる心、感情表現は、教科書に載っていません。それは、たとえ教養があっても、しっかりした判断力を持っていても、考え方が理知的であっても、「心ここにあらず」。心を

打ち込んで思考し行動する、ことを知らないうちは、あなたの私の隠されている才能、その才能の存在すら誰の目にも留まらない。だから、あなた自身も知るよしがない。
〈知っただけでは、ナンセンス！〉なのです。
良質のモノに触れることは最高でしょう。自然が織り成すモノ。私たちが人が織り成すモノ。様々な事柄内容も必要でしょう。

でも、それだけよりも感動した「心」が、いつまでもあなたの中に残っています！

こんなコト言ってた人が　いるのよ！
「心磨きと、靴磨きは、手を抜いてはならない」と。
さぁーて、どう解釈する？　あなたを、私を、支えて運んでくれる“靴”、疎かになりがちです。靴が疎かになると心に余裕は、ないの。ナンでもいいやで、よろしくて?!
いいや、あなたを私を運ぶ！とは、考えてみて。

エステサロンがダメなら、セルフマッサージに、パックに、なんとかに。そして、ぬりぬりペタペタと　メイクアップと、ヘアスタイルも、ネイルも、お洋服も、女子力アップっぷぅ〜♪　頑張ってるでしょ（男性もね）。
忘れていないかしら、大事な自分自身を支えてくれる一番大事な所!!　足を包んでくれるお靴さん。大地にしっかりと立てるように、年中無休で働いているじゃない。疎かに

しちゃうんだよね。歩くこと！　立つこと！　何かしらするにしても、肝心要の大事でしょ!!!!　我が身を運んでくれるでしょ!!!!

いつも氣持ちよく動けるように、動きたいなら、ちょっと意識してみてね。氣がつかないようで、見られている所。お靴さん以外の身だしなみも、この際見直してみてくださいな。それが、躾のひとつ。マナーのひとつ。自分自身を大事にしている証拠でもあるのです。

「言葉」…何を、思う？

漠然と「言葉」と言っても困っちゃうよね。

うふふ、それもまた愉しいかもね。

私は「ありがとう」。じゃ、あなたは、どんな言葉が好き？

「ありがとう」というタイトルの連続テレビドラマを観ていた子供時代の私。ドラマの内容が私には参考書のようで、大好き！　今でも鮮明に憶えてる☆

言葉には、幸せをも、そうでないことをも引き寄せてしまうほど、とてもおおっきな威力があるんです!!!!!

人を元氣づける、穏やかにさせる、希望や勇氣を届ける、愛を伝える、最大級の力を持ってるの。

だから、その逆も真なり、哀しませる、不快にさせる、ジェラシーを生み、嫌悪を持たせるよ。それも人の「言葉」から。

「言葉」には、目に見えないエナジーがある。

古来より〈言霊〉が宿る、とあるように。善し氣も、悪し氣も「発する言葉」をもっと大事に大事にしてほしい。だって、人間だけなんだもん「言葉を発することができる」のは‼

思考も現実にしちゃうんだから、吹けば飛ぶようでなく、「発した言葉」に、重厚な誇りを持ちたいですね。

芸術家のフローレンス・スコーヴェル・シン氏が、「人生はブーメランのゲーム。私達の考え、行動、言葉は、まもなく驚くべき精度で私達に戻ってきます」と言っています。やっぱし、《言霊》です。

誰かの幸せを願う氣持ち。それは、あなたを私を幸せにしてくれます。誰かの不幸を願う氣持ち。それは、あなたを私を不幸にしてくれます。

幸福ハピネスは、奪い合ってはいけないのです。独り占めもいけません。自分だけが幸せならば良い、のか。自分だけが不幸だなんて許せない、のか。本心、そう、自分の本心はわかっています。わからない、と思い込みたいだけなのです。それでは、どんどんブスに見えますよ。どんどん貧まがりますよ。どんどんハピネス逃げますよ。（実年齢・実金銭・実容姿と見られ方違うからね）

イヤなことあったら、「ありがとう」を唱えてみてくださいね。たとえ氣持ちと言葉が裏腹でも関係ないから。大っきな声で、唱えて♪

「ワッタシハ、キレイ。ワッタシハ、かわいぃ。ありが

とう♪　好きな言葉を、どうぞ！」

そして、ハピネス・ワールドシリーズしましょ！　開かず
の扉の先のハピネス・ワールドには、あなたも、私も、誰
もが傷つく凶器となる言葉はないの。まだまだ発展途上の
私も、ぁー言いすぎた！って、あるから。だからこそ、氣
をつける。発した言葉は、軽はずみな言葉は、取り消せな
い‼‼‼‼

【ごめんなさい‼】きらきら光る魔法の言葉よ。ありがと
う、と一緒に、懐に入れてあるわ☆「言葉の魔法」☆

「自分の氣持ち」を言葉にする、憧れのオードリー・ヘップ
バーンも常日頃から、「ありがとう。ごめんなさい」っ
て。**“言葉は魔法使い”**だから脳をダマせるの。お脳さ
んって、主語が理解できないから、そのまま、言葉通りを
理解するだけなの。

言ったように、成ってしまう。誰が言ったかなんて、全く
関係ないのよ。幸せ、どうもありがとう、って言えば、幸
せな氣分になっちゃう。

それから、良くない言葉、特に嫌いって使わないようにし
たの。必要な時は、「興味ないかなぁ〜今は」。その後すぐ
に、「〇〇は好き！」って付け加えるの。最後に残った言
葉が、お脳さんに印象残るからなんです♪

主語が誰に対して言った言葉だって関係ないの。お脳さん、
ちょいと抜けてるから、自分の望む幸せと今が、逆だって
も「ありがとう」言っちゃえば、嬉しい幸せな氣持ちよ。

しかも、お脳さんに与える影響はグレイテスト！　もっの
すごく変わる‼　不思議かもしれないけど、不思議じゃな
いわ☆　だからこそ、日頃何氣なく使っている言葉。そし
て、**きれいな言葉！**

深い愛情。強さ、柔らかさ、聡明さ、しなやかさを、持ち
合わせているのでしょう。言葉には魂が宿る、といいます
からね。口にした言葉が、良いものならば良い方に動き、
悪いものならば悪い方に動く。

愛する。大切に思う。愉しい。幸せのキーワードは、良い
流れを運んでくれそうです。人はもちろん、動物、植物、
命ある全てモノに。自分自身にも。良い言葉をかけて、そ
れを、大切に思う。言葉の魔法の力を、どうぞ是非お試し
あれ！　これ以上に愉しいことってあるかしら？

初めての一歩。毎日毎日は、新しい日を迎えるでしょう！
ってコトは、新しい靴を履いて歩くようなモノね。

その道の「**プロフェッショナル**」の行動、哲学、その
方の流儀…等々の話す言葉から、潜める壮大なエナジーを
感じ、ひと言ひと言の重みを感じます。簡単に「説得力」
で、終わらせたくない。

　"**オートクチュール**"の絵を描いたり、編み物したり、
棚つくったり直したり、洋裁したりにサイズのお直しまで
頼まれたりして、好きなようにしている姿もグレイテス
ト！

私も行く道、娘も行くと思う道。彼、彼女たちの年齢に、

活き活きしている姿は、これから先の私の未来にはナクテハならないモノ。ものすごく影響力ある。そりゃあ、年齢重ねて、シミやしわ、歳と共に歩き方や容姿は、しょうがないんだよ。いくら努力していても少なからず出る。努力しなかったら、もっと出る。だって人間だもの。パーツ交換できないじゃない。基本的にさ。人は一人では生きていけないのよ。生まれた時だって、生まれる以前からの倫徳があるから。

口に出たひと言と、その言葉の持つエナジーとの関連性に、どれだけ氣づけるか、どれだけ氣づけたら自分も自分なりに、思い描いた自分に近づけるのでしょう。学び多きコト。学んだだけでは、実質は変わらない。けれども、ただ漠然とよりは脳裏に、すごーく氣持ちがいいよね。

お金さんを頂戴する！　その時点でプロフェッショナルです。偉くないし、有名じゃないし、パートだし、アルバイトだし、専業主婦だし…。いいえ、大小に関係などなく、「対価賃金」動いていたら誰もが「プロフェッショナル」よね☆彡　愉しむ心の提供。

あなたにとっての【プロフェッショナル】とは？

【アシスタント】!!　かっこよい響きである。【見習い】!!うーんっ、いまいちダサっぽく聞こえるかも。

横文字に負けてしまう。響きだけで選んでもよいでしょう。だけど、《アシスタント＝助手》、主を補佐する・手助けす

る（ざっくり言うことね）。《見習い＝Apprentice（アプレンティス）》。職人・商人の教育制度として昔からある。弟子も含めて、技能認定を取得することが可能。契約期間、継続的な労働に従事することで商売や技能を学ぶことができ、期間終了した者は、一人前の職人として扱われる。（詳細は、その組織の形態による）　難しい内容に見えちゃうかな、でも、おもしろいよね、この違い。

最終的に自分のモノにしようと思うならば、あなたは、どっちを？

遅咲きかもしれない、けれども、かえってそれが見習えて自分のモノ‼と、なってくる。

響きのよい言葉よりも、**言葉の意味が心地好く響くモノ**に、「日の目を飾るまでには、時が要する」と、イヴ・サンローランは20回縫い直す。天才と呼ばれる人は19回目でも、まだ直す目を持っていた、イヴ・サンローラン。自分が納得する成果が出せるまで、想像し、努力し、工夫し、挑戦し続ける意欲を絶やさない。言うのは簡単でも、実践するのは高い志が必要でしょうけど、日々の積み重ね。それが、やがて大きな実を結ぶ。

　"ローマは一日にして成らず"ですね。

どの分野であっても、どのジャンルであっても、一番のリスクは、「置かれた立場からの感覚のズレ」でしょ。

「夢を売る商売！」だから。楽屋裏を見せては、魅了でき

ない。楽屋裏とは、練習風景をも含む準備段階。プロフェッショナルになる！とは、テクニックだけではない。時が流れ時代は移り変わった。しかし、変えちゃいけないコト！　この今の時代だからこそ、AIにドンドンなっていくからこそ、もっと、もっと、大事にしなきゃならないコトでしょう、人間なんだもの。心を表せるのは。

出がけ、ふっと感じた香りから、【五感の調和】…みいんな持っていても、なかなか活用されてない?!のかな。
嬉しい、愉しい、ストレスに感じること、五感の調和と関係あるのよね。それは、嗅覚からの“香り”。お茶や、お紅茶も、ワインも、コーヒー、様々なお花からも、お日様からも etc.。香水からも愉しんで華やぐこと、和らぐことが日本古来からもある、お香、にほひ袋もあるわよね。心が柔らかくなる、穏やかに、すると余裕があらわれてくるのよね。
さりげなく置かれたところから、自身が動くと一緒に動くかほり。心地よさ、という名の風に乗って。
おぉー‼‼　ムーン・リバー♪

“感動！に勝るものはなし”　いつ感動した？
始めの一歩が、どんなにちっちゃくても、一歩は、一歩。
どんなに　おっかないなぁ、と思っても、一歩は、一歩。
悩んでも、その一歩は、一歩。
どんなに成功者と言われる人にだって、はじめの一歩は、

あるはずよね。

はじめの、いぃーっ歩。ダルマさんが転んだ。

　"七転び八起き"って、何回転んでもいいんだよ。その度、何回も何回も、起き上がれば　いいんだから。"

どの道を選ぶのか、まさに自分次第なんですね。本物の道を歩もうとする時、目の前に立ちはだかる高い壁、右を見ても左を見ても、覆いかぶさるような壁。後ろを振り返る勇氣もなくて、氣持ちがドヨメキ澱んでいく。

だけど、他人には知られたくなく、焦りまくり慌てふためく心中。だけど、本当に分厚い壁に四方囲まれたまんまで、よいのかな？　それでよい人も、いるでしょう。

オーナーは颯爽と歩いて私に近寄り『これからは、本物になりなさい！』と。そのとき勤務していたダンススクールのオーナーから祝いの言葉。

あれから何年でしょう。「本物の私」を意識していたのよ、きっと、たぶん、無意識で。

四方八方ふさがったり開いたり、クレバスに落ちたり、山に木に崖に落ちたり登ったり、野を駆けめぐったり、花を愛でたり。難渋が待っていても、一歩、初めの一歩を、歩いてます「本物の私」へ。

あなたはコピー品で満足ですか？　それとも、「本物」の道を歩きますか？

それでは、なりたい人は？　どんな人？

『美声⁈　と　美姿⁈　ちがい♪』

「美しさ・エレガンス」は、人生を変えてくれる！

身体のバランスが変わって筋肉痛へ。正しく立つと身体が反り返っている半端じゃない違和感を感じるのです。自分では氣が付かないくらいに背中は丸まって、首が前へ出て、膝が曲がったまま歩いているの。では、不健康体になってしまうわよね。

部分的な所のみを改善しようとしても、全体のバランスが崩れていたら、どうでしょう。長い目で考えて、正しく立って歩ける、背中美人が根源だよねと、実感。させてくれるのは、移動中の大股開きの向かい側の方から。…私が遭遇するのじゃないのです。どこでもかしこでも、よく見かけられる光景なんですよ。あなたの態度、容姿もですが、あなたの所作‼　あなたが思うよりも周りからけっこう見られておりまする。

常日頃のさり氣ない所作が大事。それが身嗜み、躾ですね。ここぞ！っていう時に困っても知りませぬ。どうぞ、あなたの立ち姿、座り姿、鏡に映してみてくださいな。

『贅沢とは、居心地がよくなることです。そうでなければ、贅沢ではありません。by ココ・アヴァン・シャネル』

大好きなシャネルの語録から。好きなコトしてる？　好きなコトしていても居心地は、いかが。ガマンして…いないですか？　損得勘定は、ガマン大会なんです。たとえ何かしらあっても、お互い様なんですよね。

人生って、ほんと面白い。トライするから、自分の足で歩めて前へ進み失敗するから、より一層、前後左右へと、もっと歩み進む。認め合えて励まし合える存在も近くに感じるコトが幸せなんです。人生で大切なことは、机の上の"正しい解答"ばっかりじゃない、よね。

《トライ＆エラーしながら学べちゃって、できちゃったってコトの増量》ね。エジソンだって、10000回の失敗があったからこそ大発明を、しちゃったのよ♪

やってみてからじゃなきゃ、何もわからないじゃない。ままならない時、世の中の流れに、悩み、苦しみさえすれど実は、とてもシンプルなのでしょうね。まず一歩、一歩踏み出すと、すると、物事は動き出すのよね。

考えすぎて恥をかくことも、重い足取りにしちゃうから氣をつけないと。

歩んだ道の先に、『やってみたから分かるコト！』が、あります。決めたら一変、視界が変わるのよ。そう、あなたのお目々もクリアになるわ。

経験の積み重ねって、人間界や動物、自然界からの学びなのよね。一つずつ夢をカタチに虹がかかるわ。

"ミラクルは、ご自身で" まだ種もなかった、前から。

憧れ!!って、なりたい自身の姿だもの。

"体"

こっころ　ウキウキ　風さん…　つよし…　らいおん丸の
ような髪の毛に　タップダンスのレッスン前に、ひとり遊
び。こぉーんな　かんじ?!　それとも　こぉーんな　かん
じ?!　それとも　自撮り　お遊び‼

心の充実は　より良い結果を、生む。そして、ベースにな
るの。

人間力を養って、豊かな感性も身につけちゃって、自身の
魅力を高めること。人格の中心となるモノ、それは《心》
で、《体》をうごかしてんのよね。

ストレッチで「腕の使い方を氣にしてね！」とアドヴァイ
スしたら「なんで？　ピンポイントで肩甲骨を意識しよう
と思ってた！」って。肩甲骨だけを意識しても動かないの
よ。ピンポイントのみでは、変わらずじまい。体の全てが
ひとつなの。身体ってね、全身のバランスで成り立ってい
るのよ。腕回し前身頃も、後ろ身頃も、側面も、小学校の
理科室にある人体君を、思い出して。

『上手くなるには、どうやったら、よいでしょう？』
聞いた方が早いじゃん。でもね、『それは自分で考えなさ
い』　と。良い教え方をする人は、カンタンに答えを教え
てくれません。魚を与えるより、釣り方を教えてくれます。

つまり、『答え』そのものズバリ簡単に手に入れるより『考え方』道筋を自分の力を奮い立たせて導くコト、を重視します。答えが合えばなおよろし、ですが、答えが合わなくてもOK。たとえ、白うさぎでも、歩みは亀さん。遠回り！かも知れない。でも確実に、自分のモノになる。

〈急がば回れ！〉って、知ってますか？

『ハイ・ヒールを一足、ちょうだい。それさえあれば、世界を征服できる。by マドンナ』

この言葉を聞いて　何を思う？　マドンナは特別だから。ハイヒール履かないし。足痛くなるし。疲れるし。似合わないし。恥ずかしいし。みっともないし。履いて行くとこないし。…ないし。…ないし。若くないし。派手に思われるしぃetc.　とか、なんとか。たっくさん言い訳を並べたって、言い訳に思われないように丁寧に言葉並べたって、自分自身は誤魔化せないわヨ。

《本当は履いてみたい！》《一度でもいいから履いてみたい！》《もう年でも、履きたい！》《うらやましい!!!!!》

私は、ハイヒール大好き！　ハイヒールは、宝石箱よ♪

ハイヒールはね、魔法をかけてくれるのよ。ショーウインドウに飾られた、ハイブランドのキレイなハイヒールを観ていた靴屋の娘は、想像力ピカイチよ☆彡

ハイヒール履かなくても、夢見るだけでも愉しいでしょ。

〈自分自身をイメージして、想像してみて！〉

夢見なきゃ、それこそ、儚いわ。

"氣"

何かしらわからないコトに右往左往しちゃってた、感情さん。押さえすぎたり、周りの目を意識しすぎたり。もぉっと自分の素敵なところに、フォーカスしてみましょ！

言葉だけでは感情を伝えられない。だけれどね、『感情を大爆発させて良い時』って、あるのよ。【喜怒哀楽】を無視してしまったら、表現を失う。こんなにも侘しいコトはないでしょう。

2019年1月、シャネルのファッションショーを彼が初めて欠席したと聞いて"あれ？　なんかおかしいゾ?!"と感じていたら、体調不良らしい。"大丈夫だろうか"と思ったその矢先、《仏報道によると、ファッション・デザイナーのカール・ラガーフェルド氏が19日、パリで亡くなりました。85歳でした》と訃報の速報…。それを耳にした時、ものすごく言葉で言い表せない感情に激しく動揺しました。ドイツ出身で「シャネル」や「フェンディ」、「カール・ラガーフェルド」など数々のブランドを手がけた偉大な方!!私には、大好きなシャネルの生き様をも重ねて魅せてもらえるカール、彼の生き様も目が離せなかったの。

彼自身のブランド「カール・ラガーフェルド」のお洋服を初めて見に行った、23歳のあの時の光景が、今でも鮮明に脳裏に焼き付いてるから。

「シャネル」「フェンディ」本来の主旨を活かしつつ、新しいコトも試み続けている姿、そして「カール・ラガーフェルド」という御自身の表現を惜しまなかった。その彼の在り方に魅せられたひとりです。

<ruby>僭越<rt>せんえつ</rt></ruby>ながら、おなじ人間として「私にもできるよ！」と思わせてくれた。

シャネルがいて、カールがいて、そして、たくさんの人たちがいるから、私が私らしさの一歩を歩み始められるのでしょう。

私にも〈女性ばかりではなく、男性にもあてはまる感じ〉と言われたのは、カール、彼のおかげでしょう！

"偉大なる彼に愛をこめて"

裏と表。白と黒。Yes と No。有と無。どんなコトに、だって〈相反するモノ〉 目に見えようが、見えまいが、存在そのもの。光り輝く！

夢か幻か、はたまた現実か。どう思うか紙一重。その紙一重の思いが、後々に笑みをもたらす。フォーカスしましょ、本物の世界。

二十代の頃、こんな出逢いがありました。漢方外来の先生が【「氣」が、一番大事ナンだよ。その「氣」がヌケちゃってるから、〜】。

身体を使う（行動）には、その身体を<ruby>労<rt>いたわ</rt></ruby>る、それも大事。その身体を動く（行動）ようにするには、「氣の流れ」も

大事。【行動と氣】両方のバランスがとれて、身体が成り立っている！のです。

「病は氣から」に含まれている。「氣」だけでも、「行動」だけでも、"だけ"では…アンバランスと、体験から感じるわ。

成りたい自分になるために、体質改善はベストだった。

あなたなら、何億光年の時をかける？　未来はあるのです。

「これが、わたし！」の基準って、ひとりひとり違う、って当たり前なのよ。だから、好きなコトを、好きな場所で、好きなだけ、しちゃえばいいのよ。恥ずかしがらなくていいの。誰にも遠慮しなくていいの。自分が、しっくりするコトを、もっともっと追求しちゃったら、「これが、わたし！」となるわ。

全くしっくりしない自分でいるのならば、もったいないでしょ。時間だけが過ぎてしまわないうちに、見つからなくても、堂々としていれば改めてわかります。

Time is money. それこそ「それが、あなた！」よ。

"衣"

お歌さんを歌う時に、裾が、びみょーに短かったみたいで。スカートの裾をほどいて、ぎりぎりまで出して、バイアステープを付けて仕付けまで。黒色は、ほどく時、ちょっと目が、疲れたぁー。今日は　ここまで。そうそう、躾って、「身を美しく」なのよね。〈お衣装〉ひとつで氣分上々しちゃうの♪

ボタンが取れちゃった！　よぉーく見てみると、生地が引っ張られて、もとから、ポトンと。

糸が寄り合い、できたのが、一枚の生地。

中島みゆきさんの「糸」という歌詞の歌にあったように、一本の糸が寄り集まると丈夫な一枚の生地となる。単純にボタンを付け替えても良いのでしょう。でも、上下に補強すれば、以前より力強い一枚の生地となり、ボタンが活きる。繕うコトで、まだまだ活かされてこのシャツも喜んでるようにみえるでしょ。着る人も、もっと愛着感じて喜んでるよう♪　〈繕うのも　愉しいのよ♪〉

モチーフに、ひとつひとつ、ひと針ひと針付けて、手間をかけたらかけた分〈ますますキレイに〉出来上がった時が、嬉しくて。

チュール、モチーフ、ブレード付けて、仕上がるまで時をかける。それも〈想像の創造〉する愉しい時間よ。人間だけじゃなくて、どのようになりたい？　って、ドレスさん

とも対話しながらの製作。パールさんやレースさんと〈メッセージ交換〉かしら。

さまざまなコト、やんなきゃなんない…　わいわい愉しむのも。だけどそれだけに没頭しすぎると、見えるものも見えなくなる。息詰まっちゃうから〈ブレイクしちゃうの♪〉

ワイドタイプのハイウエストのデニムパンツ！をリメイクして、お靴さんも磨きあげて、氣分爽快。

リメイクはね、元々のところから新たなるモノに、変幻自在。めっちゃめちゃ頭ん中をクリーンにしてくれるのよ！でなきゃ、アイディアがわかないの♪　ピッカピカなお靴さんを履くと、足さんも自身もとっても喜ぶし、堂々と歩けるじゃん。自分をどこにでも運んでくれる大事なところ。それが、『自立』。

もしかしたら、「経済的　自立」と「精神的　自立」混同しちゃっている?!　全く別モノ。例えば、あの人信用ないよね…とか信頼、あるかしらの、「信用」と「信頼」、これも、まったく別モノだし。

親からの愛は無償なんだよね。愛情表現の下手くそさんもいるだけ、よ！

【青い鳥】この一冊の本が教えてくれることは、今の、大人になってからの方が実感できるんじゃないかしら。

2人兄妹のチルチルとミチルが、夢の中で過去や未来の国

に幸福の象徴である青い鳥を探しに行くが、結局のところ
それは、自分たちに最も手近なところにある、鳥籠の中に
あったという物語。

幸せと不幸せは心の持ちようで、モノ事は考え方かな。モ
ノの見方の角度を、ちょいと変えてみてみるのもいいかも
ね。きっと、どんな時も、幸せはすぐそばにあるんだよね、
青い鳥‼

"あれ?"って、思った。それだけでも、もうけもん。前
と違う、って思った。それだけで、前よりもあれ?!って
思える。あれれ?!?!って、思うわずかな違和感。自分の思
い込みとの違和感を、なんだろう?って感じる。
それが、氣付き。氣づく、というコト。知識ばかり、動く
ことばかりでは、器量のある方々から、見透かされるので
す。あなたの、わたしの成りたい自分への近道。『静と動
のバランス』一番、分かるようで分からないのが自分。
静と動のバランスがとれた時、魔法の香りが漂っている。

"運"

ボンジュール☆　Bonjour tout le monde ♪

『運動』ってね、漢字の『運』を『動かす』、と書くでしょ。〈漢字には意味があるのよね〉

俗に言う、佳い運氣を呼び起こすには『運動』も大事‼️ってこと。

健康体で、笑顔で、それからじゃなくては、たとえ、いくら「運がいいよの私」なぁーんて言っても、どこかしらに「ヒズミ」があったり…　しませんか？

心身ともに穏やかな豊さを思うなら、体を動かして自然の流れから運を招き、ギスギスしない心（氣持ち）の【躰】でいましょう。

そしてね、氷の大きさ、純度によって、解け具合も、マチマチでしょ。解け出すまでが、容易でないだけ。「きっかけ」があれば良いみたい。

氷が解けるまでの時間も愉しみましょ。

今この瞬間を大切にしなきゃ‼️　はじまらないわ、ね。

人間は感情の動物だから、道中には、とうぜんの如く、ムッと、なるコトもあったり、うわぁ～♪となるコトもあり、すこし時を隔てれば如くが、五徳に、へんげしてゆく源。

氣は、ながぁーーーーーく保て、と。

　"旅なかば"《経験と体験を価値に変える》

経験と体験を賢く活かすコトができちゃったら、なんでもが無駄じゃないよね。だけどね、すぐ芽に、花に、実に、蝶に、ならなくて焦って慌ててはダメ。それで、辞めちゃったら、そこでゴングよ。THE　END。

辞める時はきちんと区切りをつけて、諦めでなくて、きちんと納得して。きちんと納得しないと後悔になるのよね。航海なら前に進まなきゃ、どんな経験体験をも価値にしてくれないわ。

どんな体験をも価値にへんげさせる思考が大切。

大事なのは、栄光。自分が決めた栄光よ。その栄光の陰には、たくさんの練習と心が折れるほどの挫折。それが積み重なってくるの。その姿に人に感動が芽生えるわ。日々が彩られちゃうハズよ。

お天道さま、女神様、あ・り・が・と・うぉー!!!!って。むっかしむかぁーし描いた、描けなくて、描けなくて、それこそ、泣きながら描いたモノ。

物事には、始まりと終わりがある。いつの時代でも、どんなことでも。

ついつい、ついつい、わたしたちは「新しい変化」目先に意識を取られちゃうの。どんな大きなことでも、どんな小さなことでも、ほとんどの場合。何を始めるかよりも、何を辞めるかの方が、とってもとっても大事じゃないかしら。　新しい変化の前には、今やっている何かを締めくくる。

〈どうか忘れないで大事なこと〉

これから始める前に見つめ直して、あなたを。

コーヒーを片手に、てしごとあそび。

〜 EPILOGUE エピローグ 〜

おかえりなさい、シンデレラ。
あなたの心にぴったりの、魔法使いの香りに出会えました
か？

好きなところを　好きなだけ読んで　自分らしい　シンデ
レラになってください。
すっきだなぁー!!!!　いいなぁー!!!!　なれたら!!!!　なぁーん
でも、おんなじじゃ！

いやなことがあっても、つらいなぁーって思っても、もう
大丈夫。
しぁーわせ♪　しぁーわせ♪♪
根拠のない自信もってっと　ほぉーんとに
えっちらおっちら　えっちらおっちら　えっちらおっちら
(大事だから３回言ってみた（笑))
あっちから　そっちから　トコトコと　やってくるみたい
(´艸｀)

シンデレラには、ハッピーエンドが似合います。
かわいい♪♪　ねー！

ガラスの靴も、魔法のランプも、光る髪だって、

もう　あなたのもの！
マインドは　私をひからせる！　ね☆
マインド　それは目に見える☆☆

鏡の中の私、映し出された容姿、それは、その時その時の
マインドの表れ、鏡は正直に私を映し出すのね、魔法の鏡
を手に入れましょ！

これからの　あなたの毎日が　おとぎ話みたいに　夢あふ
れるものになることを願って。

〈香り〉
鼻で感じられる良いにおい　茶の香り　香水の香り　菊が
香る　梅が香る

〈薫り〉　比喩的、抽象的なかおり
文化の薫り　風薫る五月　初夏の薫り　菊薫る佳日

香り　Fragrance フレグランス
香水　Perfume　パフューム

〈薫り高い〉　Fragrant

〈挑戦の履歴を残す〉

ユダヤ人の成功哲学、商売やモノに対する考え方は、経営の参考にされることもあります。

『他人を幸福にするのは、香水をふりかけるようなものだ。ふりかける時、自分にも　数滴はかかる。』

ユダヤ人の格言の一つですが、こういう循環は　お仕事だけじゃなくて、誰もが生きるなかで　最も大切でしょう。

と、登茂ちゃんは考えています。

そして、グレッグ・ローゼンバーグ氏が　話しています。

『一度も間違ったことのない人は、いないだろう。いるのであれば、それは、何にも挑戦をしなかった人だ。』

ミスは少ないことに越したことはありませんよね。ですが、間違った事柄から学ぶことはたくさんあるはずです。

成長する中で、必要な経験・体験ではないでしょうか。

上手くいかなかったモノは自分自身の履歴になりますよね。それは立派な挑戦の履歴でしょう。

挑戦そのものに価値を見出して、"やってみなければ　わからない"の精神で、チャレンジ・トライしてみる。何かしらを成し遂げようとするのには、このような姿勢が必要ではないかと感じます。

ちょっと一息ついて、懐かしい写真を眺めてみると、一気にその時代にタイムスリップさせてくれますよね。

例えば、"あー　あの時は、こんな愉しいことが、こんなにも辛いことが、笑ったわね、泣いたわね、怒ったわよね、喧嘩もしたわね、…。様々なことがあったわね"。

それでも明けない日はなかったわよね。そうなのよ、どんなことがあっても、また日はのぼるのよね。

『今』が『未来』の、思い出になっちゃうの。

今を愉しみ、今を充実させて、理想の未来に繋げていきたい、ですね。

私たちの日常の中で、挑戦の履歴を一緒に残しませんか。

Where there is kindness, there is goodness.

And where there is goodness, there is magic.

優しさがあるところには善がある。

善があるところには魔法があるの。

（※母親がエラに言ったセリフ）

I forgive you.

あなたを許すわ。

（※エラが継母に言ったセリフ）

by シンデレラ

著者プロフィール

荒井 登茂子（あらい ともこ）

1963年福島県生まれ。小さな頃から読書、ミュージカル・絵画鑑賞、詩の
創作、ファッション等を好み、高校、大学は美術科を選択。
「キレイ」を仕事にしたくて化粧品会社に就職。その後、社交ダンス教室
にも勤務し、転職しつつ「二足のわらじ」を続ける。結婚を機に社交ダン
ス教室勤務に絞り、2008年に一旦退職。2009年12月よりタップダンス教室、
社交ダンス教室をスタート。現在は「ダンスと音楽とデッサンの事務所
ONKOHOUSE DESSINATEUR」に統合して指導、製作等をおこなって
いる。
2013年9月〜12月、福島民報「民報サロン」でコラムを連載。
DEN タップダンススタジオ公認タップダンス・インストラクター。
全日本ダンス連盟社交ダンス教師メンバー。
日本ボールルームダンス連盟プロ・ダンス・インストラクター商業2級、
同ジュニア・スクール指導員。
〈著書〉
『白うさぎとシックにおしゃれさん入門！』（2019年、文芸社）

魔法使いのフレグランス あなたを輝かせるトータルバランス

2020年9月15日　初版第1刷発行

著　者　荒井 登茂子
発行者　瓜谷 綱延
発行所　株式会社文芸社
　　　　〒160-0022　東京都新宿区新宿1−10−1
　　　　　　　　電話　03-5369-3060（代表）
　　　　　　　　　　　03-5369-2299（販売）

印刷所　神谷印刷株式会社